AF233767

Sourdine Royale,

SONNANT LE BOVTE-
SELLE, L'ACHEVAL, ET A
L'ESTANDART, A LA NO-
bleſſe Catholique de France,
pour le ſecours de noſtre
Roy Treſ-chreſtien
CHARLES IXe.

*Par Guillaume de la Tayſſonniere gentil-
homme Dombois.*

A PARIS,

De l'Imprimerie de Federic Morel, rue ſainct
Iean de Beauuais, au Franc Meurier.

M. D. LXIX.

AVEC PRIVILEGE DV ROY.

EXTRAICT DV
Priuilege.

· PAR Lettres du Roy donnees à Paris le xxix. iour
de Ianuier, l'an de grace M. D. LXIX. il eſt permis
à Federic Morel Imprimeur & Libraire en l'vniuerſité de
Paris, d'imprimer & vendre deux petits poëmes de
M. Guillaume de la Tayſſonniere gentilhomme Dôbois,
l'vn intitulé, Sourdine Royale à la Nobleſſe Catholique
de France, pour le ſecours de noſtre Roy Treſchreſtien:
l'autre intitulé, Idyllie de la modeſte & vertueuſe amitié
d'vn Gentilhomme non Courtizan. Et defendu expreſſé-
ment à toutes perſonnes d'iceux imprimer ou faire imprimer ſans le vouloir & conſentemét dudiɕ Morel, de qua-
tre ans apres la premiere impreſſion qu'il en aura faiɕte,
& ce ſur peine de tous ſes deſpens, dommages & intereſts,
& d'amende arbitraire, ainſi qu'il eſt plus à plein contenu
& declairé eſdiɕtes lettres ſignees par le Conſeil, GVIL-
LAVDIT, & ſeellees du ſeel dudiɕt Seigneur.

Acheuez d'imprimer le xvii. de
Feburier, M. D. LXIX.

A LA MAIESTE DV ROY TRES-CHRESTIEN.

I'ESTIME que voſtre Maieſté, Sire, cognoiſtra aiſémēt par ce petit nōbre de vers meſureᵶ à la haſte, en campaigne & dedans le corcellet, quelle deuotion i'ay euë par cy deuãt à ſoliciter & encourager voſtre Nobleſſe Catholique de n'eſpargner ny les biēs ny la vie pour le ſalut & conſeruation de voſtre eſtat & Courōne. Deuotion, dy-ie, qui m'eſt veritablement de tãt augmētée depuis qu'arriué en ceſte Cour i'ay eſté tant heureux que de voir de pres, & à l'aiſe, l'aſpect Royal de voſtre Maieſté, la nourriture admirablemēt digne d'vn ſi grand Roy, par laquelle vous ſont acquis le ſçauoir & cognoiſſance des bonnes lettres, l'addreſſe au ieu de toutes ſortes d'armes & manimēt de cheuaux, la diſpoſition du corps ſurpaſſant celle du plus gaillard de voᵶ ſujects, & l'elegãce & grandeur de voſtre taille: que ie n'eſtimeray iamais vies mieux ny plus honorablement employees que celles qui ſerõt dependues pour le ſoutenement de voſtre cauſe ſi iuſte & legitime. Cõme de meſmes en feroiēt la plus grãd' part de ceux qui vous ſont oppoſeᵶ, ſ'ils eſtoient informeᵶ des vertus, meurs & extrememement louables conditions que la nourriture a aiouſtees à voſtre nature. Quãt à la mienne, il y a qᵘatorᶻe ans que ie n'ay ceſſé de la hazarder pour le ſeruice des Roys voᵶ predeceſſeurꝰ &

le voſtre. Premieremẽt fantaſſin ſous Monſieur de Mau-
geron, apres Caual leger ſous Monſieur de Cruſſol, puis
de voz ordonnances ſous feu Monſieur le Maréchal de
Bourdillon, & durãt les premiers & ces derniers trou-
bles à la ſuitte de Monſieur d'Eſtours mon Mecene &
bien-faicteur Ce pendant, i'ay touſiours eſté accompai-
gné du deſir d'entretenir vnis ce peu de lettres que i'a-
uoy, auec l'experience que la prattique des armes me
pouuoit apporter, comme en feront foy mes vers amoureux meſurez au Camp de Dinam & de Ranty, vne
partie de mes fragmens Poëtiques au camp de Thiõuil-
le & d'Amyẽs & cõme encor' pourroit mieux teſmoi-
gner l'œuure que i'ay entrepriſe de la Chaſſe vniuerſelle
à toute ſorte d'animaux terreſtres, tant par violence de
fer & baſtons à trait, courſe & vol des chiens & oi-
ſeaux, rets ou filets, lacs, pieges, trebuchets, cages, glus,
& empoiſonnemẽs, ſi ie me rẽcõtre ſi biẽ appuyé que le
temps cõſommé apres ce labeur ne me puiſſe faire tom-
ber du coſté ou ie ne deſiray iamais pãcher. Car de 857.
ſortes de chaſſes differentes les vnes des autres, que ie
ay miſes en memoire pour apres les dilater, les 573. me
ſont eſté apprinſes, voyageant en diuers endroits de la
Frãce, Picardie, Italie, & autres païs, pour voſtre ſeruice. Pour lequel cõtinuer, oultre le perſonnel que ie fais à
la ſuite de mõ Mecene ſuſdit, i'ay embouché ceſte Sourdine Royale, que ie dedie & cõſacre aux pieds de voſtre treſ-chreſtienne Maieſté, laquelle Dieu permette lõ-
guemẽt regner, en toute heureuſe ſanté & paiſible pro-
ſperité.

Voſtre treſ-humble & treſ-obeïſſant
ſeruiteur G. de la Tayſſonniere.

Sourdine Royale,

SONNANT LE BOVTE-SELLE, L'A-CHEVAL, ET

à l'Eſtandart à la Nobleſſe Catholique de
France, pour le ſecours de noſtre Roy Treſ-
chreſtien CHARLES IXe.

*Par Guillaume de la Tayſſonniere, gentil-
homme Dombois.*

PHœbus aux cheueux blonds, qui iadis
    me feis dire
Maïts couplets amoureux ſur les nerfs
    de ma lyre,
Voire qui m'as encor' n'aguiere enta-
lenté
De chanter vn ſujet par autre non chanté
En l'honneur de Marie, à laquelle ma vie
S'eſt depuis quelque temps librement aſſeruie,
Et toy petit archer, toy Dieu des ocieux,
Duquel le grand effort force meſmes les cieux,
Signez moy mon congé, ſignez le moy de grace,
Car pour vn peu de temps des voſtres ie me caſſe.
Ie veux, diuin Phœbus, appendre à vn crochet
Pour vn petit de temps ma Lyre & mon archet:
Ie veux laiſſer, amour, aux beaux yeux de ma Dame,
Pour vn temps ocieux, ton arc, tes traits, ta flamme,
Pour ſonner mal-gré moy, puis que Mars m'y contraint,
D'vn petit inſtrument qui dans vn grand reſtraint

A iij

Secrettement le son, à fin qu'on ne me puisse
Taxer d'auoir manqué à mon Roy de seruice.
Ronsard mieux halené pourra tandis sonner
D'vn ton hault éclattant, pour tascher d'estonner
Les ennemis du Roy: mais moy n'en estant digne,
Ie me contenteray de sonner la Sourdine,
Par laquelle ie veux aduertir les Seigneurs
Qui, braues, font estat d'eux & de leurs honneurs,
De decouurir au vray d'ou viennent les allarmes,
Et de se preparer comme vaillans gens d'armes
Pour au pris de leur sang (tainture de l'honneur)
Secourir nostre Roy d'vn magnanime cœur.

    O François de iadis terreur de l'Angleterre,
Et terreur de l'Espaigne, & de toute la terre,
Où est ce nom tant craint, & ce bruit tant fameux
Que le Bactre craignoit vers ses bords escumeux?
Où sont les cheualiers de ce preux Charlemaigne?
Où sont ceux là d'Artus, honneur de la Bretaigne,
Ces Rolands, ces Renaulds, ces braues Oliuiers?
Qui tous furent si grands & si sages guerriers,
Et pleins de tel respect, qu'encor' que la Discorde
Leur eust par plusieurs fois fait ourdir vne corde
Aux vns d'ambition, aux autres du desir
De venger par la mort vn leger desplaisir,
Vn seul cõmandemẽt d'vn Roy, d'vn Duc, leur Prince,
Appaisoit leur colere, & toute la Prouince,
Ou le Royaume entier, si tout estoit troublé,
Tant peu leur cœur alors estoit faint & doublé.
France n'est-elle pas encor' la mesme France
Qui les auoit doüez de telle obeissance?
Ouy certainement, & qui deuroit encor'

En lieu du plomb d'alors produire ores de l'or,
Veu que nous surpaſſons en toutes les ſciences
Noz heureux deuanciers, par les experiences
Et obſeruations de ces braues heroz
Deſquels le but plus riche eſtoit honneur & loz.

Dequoy (pauures François) nous ſert la Franciade,
Par tant d'Autheurs proſée, ayans l'eſprit malade
Iuſqu'à ne ſentir point, que noſtre nation
Ne ſe preualut onq' de la ſedition?
Que les rebellions ont touſiours mis la peine
Sur le front de ceux là qui d'vne audace vaine
Ont, contre tout deuoir, auec temerité
Violé le repos & la tranquillité
Des ſujets de noz Roys? Et dequoy nous ſert ores,
Que la France ait produy de noſtre temps encores
De meilleurs cheualiers qui fuſſent onques veus,
Non moins que les premiers d'hardieſſe pourueus.
Si, ſ'opiniatrans à la ſupercherie,
Vont faiſant de la France vne orde boucherie,
Rougiſſant or' ce fleuue, or' ce ruiſſeau courans
Du ſang du patriote horriblement coulant,
Eſtimant plus vaillant celuy qui d'auantage
Sur ſon propre païs exerce de carnage,
Tant ils ont l'eſprit ladre, & tant eſt corrompu
Leur ſang, qui en huiĉt ans ſ'euacuer n'a peu.
D'où vient telle fureur, d'où vient telle Manie,
Pauures gens aueugleZ? quel faux Dæmon manie
L'eſprit de noz ſeigneurs, ſ'oppoſans à leur Roy
Pour viure en liberté, & reietter la loy?
Eſt-ce ainſi comme il faut que ſon regne floriſſe,
D'enfraindre ſes ediĉts, meſpriſer ſa iuſtice,

Et faire pesle-mesle vn cahos par les champs
De Princes, de Seigneurs, d'Artizans, de Marchands
Armez d'vn corcellet, flanquez d'vne allumelle,
Eschangeans à du plomb l'argent de l'escarcelle,
Pour ietter tout en l'air, & conuertir en rien,
En meurtrissant autruy, & soy-mesme & son bien.
 Ce seroit moindre mal si seulement les armes
Estoient entre les mains de soldats & gens d'armes
Qui s'en sçauent ayder, mais ie voy maintenant
Cestuy la hallebarde ou l'harquebus tenant,
Qui ne se veid iamais au poing qu'vne charruë,
Faire de l'habil' homme, & brauer par la ruë
D'vne ville surprinse: & ce pendant s'il faut
Que par commandement il souftienne vn assaut,
Les chefs se treuuent seuls, & ce rustique braue
S'enfuit tres-vaillamment cacher dans vne caue.
Mieux en prend au Lyon quand parmy les deserts
Il se fait conducteur d'vne troupe de Cerfs.
 Mascon tesmoignera que quand ce sage Prince
Ce Duc de Nyuernois vint en nostre Prouince,
Pour y rendre le Roy paisible possesseur,
Et pour en dechasser le mutin oppresseur,
Lors que ce Chambery non moins vaillant que sage
Se faisoit sur le pont faire place & passage,
Opposant ses soldats contre ceux qui dedans
Croyoient de les manger tous vifs à belles dents,
Vne d'entre les leurs, dy-ie, vne compaignie,
De ceux de la cité, d'armes belle & munie,
En lieu de faire teste, & suyure les premiers,
S'en-fuyoient à qui mieux aux caues & greniers,
Laissans dessus les bras de quelques Capitaines

Tonte

Toute la faction tous les coups, & les peines.
Ie le sçay pour l'auoir d'eux-mesmes entendu
Apres qu'à ce grand Duc Mascon se fut rendu.
Faut-il donques armer de l'argent de la France
Vn vilain picque-beuf ignorant de vaillance?
Faut-il que Nuremberg, Bresce, Cresme & Milan
Retirent pour du fer tout nostre or en vn an?
Fer pour estre appliqué à si meschant vsage,
Que d'en armer les clercs & les gens de vilage?
Ha qui pesera bien où tombera cecy,
Il n'y a Huguenot de cœur tant endurcy
Qui ne rougist de honte, & ne sents Catholique
Qui ne donnast au diable vne telle prattique.
Mais il me souffira de le laisser penser:
» Assez tost sans aidant le mal sçait s'auancer.
Ce pendant c'est à vous, ô Princes de la France,
De secourir le Roy par l'aigu d'vne lance,
Par vn conseil prudent, & par tout le deuoir
Qu'vn bon Prince soubmis à son Roy peut auoir:
C'est à vous ô Seigneurs, qui de toute ieunesse
Nourrissez dans l'harnois le beau nom de Noblesse:
Collez sur vn cheual aux passades, aux ronds,
Apprenez d'assommer les rompus esquadrons,
Qui courans vne bague apprenez la maniere
De donner iustement dedans vne visiere:
Qui tirant au mouchoir, ou au gant, en courant
Faictes d'vn pistollet comme du demourant:
Qui pour venir aux mains, de deux brettes pareilles
Apprenez à tirer & à faire merueilles:
Maintenant d'vn reuers, & tantost d'vn fendant,
Puis, apres vn main-droit en biais descendant,

Faictes semblant d'entrer d'vne estocade fainte
Pour en la redoublant donner touche & attainte.
C'est à vous, c'est à vous, dis-ie, qu'il appartient,
De secourir le Roy, & son nom Tres-chrestien,
De mourir à ses pieds, plustost que de voir estre
Vn barbare Allemand d'vn si beau païs maistre:
Et plustost que d'y voir vn caut Italien
Y venir reborner son Empire ancien:
L'Italien me plaist pour son braue exercice,
Mais sur tout me desplaist son extréme auarice.
Nous serions assez forts pour nostre Roy garder,
Si chacun se vouloit au combat hazarder,
Si chacun pensoit bien que son deuoir l'appelle
A secourir son Roy contre vn peuple rebelle:
Ie dy chacun de ceux qui d'vn nom ancien
Viuent francs de tribut noblement de leur bien,
Et de ceux que noz Roys ont aguerry pour faire
La guerre à l'estranger & commun aduersaire.
    Il ne nous faut ia craindre vn bataillon armé
D'vn populas confus trompeusement charmé,
Qui tiré par l'oreille or' esmeu pour le zéle
D'vne religion, ores pour la querelle
D'vn des Princes du sang, or' pour le bien commun,
Ou de ceux qui tous trois les conioignans en vn
Se laissent librement & çà & là conduire
Au gré du vent de ceux qui les viennent seduire.
Car vn homme aguerry en pourra rompre six,
S'il se rencontre vn cœur hautainement assis.
Bien qu'il soit soustenu que ce vaillant Alcide,
Et Achil' qui brauoit dessus le port d'Aulide,
N'en demandoient iamais contr'eux qu'vn à la fois,

Tant s'en failloit de six,ou de cinq,ou de trois:
Il n'en prend pas ainsi d'vn combat à la foule,
» Souuent le moindre nombre au plus grãd le chef foule.
Et tousiours lon a veu qu'vn nombre bien esleu
A renuerse son double autant qu'il a voulu.
Courage donc Messieurs l'occasion est telle,
Que peut estre iamais nous ne l'aurons si belle:
Elle est chauue derriere & n'a point de cheueux
Sinon sur le deuant penchans dessus les yeux:
La laissant eschapper on la peut tard attaindre.
Puis donq' que maintenant elle ne peut se faindre
De nous monstrer la face,il nous faut souuenir
De l'acoster de pres,& ferme la tenir.
Nostre Roy sçaura bien par elle recognoistre
Vn cœur qui genereux,se fera apparoistre.
» C'est tousiours au besoin,& au temps orageux,
» Qu'vn Prince recognoist son sujet courageux.
Laissons femme & enfants, laissons & pere & mere,
Oncle,tante & cousin,& la sœur & le frere,
En la garde de Dieu,s'ils ne sont disposez
A suiure les moyens qui nous sont proposez
Pour secourir le Roy en si mauuais orage.
Qui ne sçaura voguer,qu'il s'entende au cordage
Assez pour vn chacun la discorde nous meit
D'exercice en la main quand ce trouble elle feit.
    Dieu vueille qu'assez tost on s'en puisse deffaire,
Chassant bien loing de nous nostre party contraire:
Dieu vueille que ceux là,qui si mal auisez
Ont les edicts du Roy enfrains & mesprisez,
Recognoissent leur faute,& d'vn œil plein de larmes
Se iettent à ses pieds en mettant bas les armes:

B ij

Et Dieu vueille qu'auſſi le Roy leur ſoit ſi doux
Que ſa bonté leur face vne vergoigne à tous,
De voir en vn grand Roy plus grande la clemence
Que d'vn peuple enragé la deſobeiſſance:
Pour puis d'vne vnion renuoyer l'eſtranger
Vers l'air qu'il a voulu ſi librement changer,
Amorcé de noſtre or, et noſtre or puiſſe faire,
Que luy-meſme au retour il ſe puiſſe deffaire.

Fin de la Sourdine Royale.

IDYLLIE, DE LA MODESTE
& vertueuſe amitié d'vn Gentil-hóme non
courtizan enuers ſa maiſtreſſe.

I le grand Eternel qui de la hault diſpoſe
De tout ce q̃ icy bas l'hóme chetif propoſe,
A permis quelque-fois qu'vn bien ſimple
    paſteur
Aye d'vne Princeſſe enamouré le cœur:
Et ſi dans les palais on a veu ſouuent eſtre
Vn petit ſeruiteur aſſis au rang du maiſtre,
Pour vne opinion qui n'eut onc de certain
Qu'entant que luy en croit l'eſprit de l'homme vain,
Vous ne trouuerez pas trop eſtrange Madame
Si voz grandes vertus font eſperer mon ame,
De rencontrer en vous tout autant de faueur,
Comme pour voz valleurs ie ſents d'honneſte ardeur.
Eſtant bien informé que la raiſon vous guide
Auec la chaſteté dont elle tient la bride.
Auſſi qu'eſt-ce de nous et de ce noſtre cours
Si nous n'auons l'eſprit pourueu d'vn bon diſcours

Pour discerner le vray d'auecq' le mensonge
Et la réelité d'auec le trompeur songe?
Ceux ausquels il default semblent au courtizan
Qui voulant imiter quelque bon artizan
Pour accourcir le iour ses instrumens achette,
Cuydant qu'en vn moment (mais qu'il soit en cachette)
Il doit venir au bout d'vn ouurage entrepris,
Sans en auoir iamais au-parauant appris.
Dont s'ensuit à la fin, par inexperience,
Perte de son estoffe & de sa patience.
Ainsi l'homme imprudent, bien qu'il ayt l'instrument
Par lequel la raison conduict tout sagement,
Ne sçachant l'employer par faute d'accortize,
Et de discretion, ne faict rien qui reluise.
    Or si le iugement est en l'homme requis,
Aux dames il doit estre encores plus exquis.
D'autant qu'à cest honneur que nous auons en garde
Peu de gens font attainte, & trop moins on l'hazarde,
Que celuy qui est mis pour la plus grand' seurté
Dessoubs le sauf-conduict d'vne ieune beauté,
Et pour-autant, aussi, que beaucoup il importe
De se sçauoir choisir vne fidelle escorte.
Plusieurs Dames ont pris, pour ne sçauoir iuger,
Ceux qui leur font en fin leurs beaux iours abreger,
Aians dedans le fort de leur ieunesse tendre,
Logez les ennemis qui les venoient surprendre:
Mais vous en qui le ciel meit vn si rare don,
Qu'il vous feit l'esprit vif, & le discours si bon,
Sçaurez tresbien pezer en la iuste ballance
De vostre sage esprit, si l'honneste alliance
Que ie pretends de vous, est raisonnable ou non.

Et iugeant du vouloir & de l'affection
De la quelle ie vous cheris, ayme & honore,
Premier que de l'auoir, que le vulgaire adore.
Croyez, consequemment, qu'vn plus ferme que moy
N'heritera iamais de vostre heureuse foy:
Et que ceste amitié que la vertu m'inspire,
A pris tel fondement sur ce que ie desire,
Pour les perfections de l'obiect qui me poinct,
Qu'vn autre mieux que moy, ne meritera point
De vous faire seruice. Oyez donc la requeste
Qui procede vrayement d'vne amour tant honneste,
Que Dieu qui la conduict n'y peut estre offensé,
Ny moy d'vn plus grand heur estre recompensé.
Que si vous estimez la religion mienne
Differente à la vostre, & que cela vous tienne
En froideur de m'aymer, & d'accepter de moy
Le seruice plus humble & ce que ie vous doy:
Considerez sans plus que vostre bonne grace
A tel pouuoir sur moy, que ie donneray place
Dedans mon estomach, à tout ce que le vent
De voz commandemens me mettra au deuant.
Quoy? l'estimerois peu la vertu tant prisee
S'elle n'estoit de moy en vous auctorisee,
Sçachant que vous auez vn cueur si bien appris
Que vous n'approuuez rien qui puisse estre repris.
Ceux qui m'ont praticqué sçauent de quelle sorte
Ie m'accommode au temps, & quel respect ie porte
A ceulx que i'ayme bien, quelque religion
Qu'ilz ayent (vraye ou non) prise en opinion.
Par plus forte raison si vous m'estiez vnie
Par vn lien sacré, & que ma compagnie

Vous vint autant à gré comme i'ay de defir
De vous faire à iamais & feruice & plaifir,
Vous pourriez efperer que durant noftre vie
La liberté par moy ne vous feroit rauie:
Ains pluftoft l'amitié me pourroit bien mouuoir
A ce furquoy le temps n'a point eu de pouuoir.
Car tout vient de ce Dieu qui eft l'amitié mefme,
Et qui feul eft caufant que fi fort ie vous ayme.
Auffi des que i'ay eu vouloir de m'afferuir
A voftre grand' beauté pour vous plaire & feruir,
I'ay toufiours prié Dieu que cefte amitié faincte
Ne fe rencontraft point diffimulee ou fainte
D'vn ny d'autre cofté, & que i'euffe tant d'heur
De poftpofer mon aife & bien à voftre honneur.
Au refte i'ay regret, & m'impute à dommage
Le plus grand qui m'euft fceu auenir, du voyage
Qu'entreprenez en court, veu que par ce moyen
Me pourroit eftre ofté l'efpoir de tout mon bien.
Car fouuent de l'abfent la caufe eft fufpendue,
Et du prefent toufiours elle eft mieux deffendue.
Tant de ieunes Seigneurs qui vous courtiferont,
Qui toutefois en rien ma foy n'approcheront,
Tant de faints feruiteurs qui fe mettront en quefte
Pour cuider efbranler cefte rare conquefte,
Pour puis vous laiffant là fe tenir glorieux,
D'auoir fur vn tel fort efté victorieux.
Car là, ou ie me trompe, ou bien peu on y treuue
D'aymans qui n'ayent faicte vne femblable preuue.
Là pour la vertu faincte on ne f'entr'ayme point,
Ains pour la beauté feule, & pour vn enbonpoinct.
Là l'amitié qu'on tient pour la plus affeuree

IDYLLIE.

N'a que huict iours, au plus, ou quinze de durce.
Là mesme le mary n'a point opinion,
Que sa femme ait le cœur à sa deuotion.
Et là, pour fin de compte, on ne peut, que ie sçache,
Taire longue demeure exempt de quelque tache.
Mais ce qui me console apres tous ces discours,
C'est que vous haïssez telles folles amours,
Et que celle sans plus vous est recommandee,
Qui solidement est dessus l'honneur fondee.
Parquoy ces babillars vous auront beau prescher,
Auant que de pouuoir vn seul mot arracher
Qui leur preste l'espoir, & moins la coniecture
D'obtenir le succez de si belle aduenture.
Ce pendant vous pourrez, peut estre, faire cas
De cest affection que i'ay iusqu'au trespas
Seulle vouee à vous, qui pourroit prendre lustre
Sur le mesme subiect que ie crains qui me frustre.
Ce qu'auenant, mon Dieu, outre le don d'esprit
Que i'ay par le rachapt de ton-fils Iesus Christ,
Ie te serois tenu plus qu'autre creature
Qui prit iamais çà bas & vie & nourriture:
Et vous Madame & vous me seriez en tel pris,
Que mes deux propres yeux & mes propres espris,
Me sentant auoir pleu à vostre gentille ame,
Et estre iouïssant d'une si belle Dame.
Or attendant cest heur, s'il me doit auenir,
Ie vous supplie croire, & auoir souuenir,
Que vous serez de moy fidellement seruie
Iusqu'au pris de mon sang & de ma propre vie.

F I N.

Le congie pris du siecle seculier

www.ingramcontent.com/pod-product-compliance
Lightning Source LLC
LaVergne TN
LVHW010238030726
842520LV00007B/2622